# Lucrèce Borgia

FichesdeLecture.com

# *Lucrèce Borgia*
# (Fiche de lecture)

## I. INTRODUCTION

*Lucrèce Borgia* est un drame en trois actes, écrit par Victor Hugo (1802-1885) et représenté pour la première fois en 1833. L'accueil est triomphal, malgré l'hostilité de la presse à l'égard du dramaturge.

La pièce se rattache directement au mouvement romantique ; à cette époque, Victor Hugo en est le chef de file, et on parle aujourd'hui de sa « première période romantique ».

Le drame reprend l'histoire de Lucrèce Borgia, un personnage historique réel, et met en scène une succession de non-dits et de malentendus autour d'un amour maternel particulier, et d'une famille tout aussi à part...

## II. RÉSUMÉ DE LA PIÈCE

### Acte I : Affront sur affront

*Première partie*

La pièce se déroule en Italie et s'ouvre à Venise durant le carnaval, dans le palais Barbarigo. S'y tient une grande fête, qui réunit notamment Gennaro, Lucrezia et Gubetta (qui prend en fait plusieurs identités). Les convives discutent du meurtre de Jean Borgia, qui a été tué par son frère César, qui l'a précipité dans le Tibre. Au cours de la discussion, nous en apprenons plus sur les personnages, en particulier Gennaro. Le soldat ne connaît pas ses parents, mais il reçoit régulièrement des lettres de sa mère.

De nombreuses histoires sont racontées sur la famille Borgia : les crimes de César, les amours incestueux (autour de la personne de Lucrèce), la disparition de l'enfant... mais surtout, on évoque la soif de vengeance de César

Borgia, qui cherche à éliminer un à un les membres de sa famille, en vue de devenir l'unique héritier du Pape. Gennaro s'endort.

Paraît Lucrèce Borgia, dont le visage est caché par un masque. Elle voudrait s'approcher de Gennaro (qui est en fait son fils, mais cela n'est pas encore révélé). Elle est reconnue après avoir essuyé son visage d'une larme qui la trahit. Parmi les témoins, le duc Don Alphonse d'Este, son mari, qui la soupçonne aussitôt de le tromper. Gennaro se réveille et suit celle qui l'a embrassé sur le front pendant son sommeil. Lucrèce lui parle de sa mère, sans révéler qui elle est. Gennaro lui avoue être touché par les lettres que sa mère lui écrit. Il tombe amoureux de Lucrèce, sans savoir qu'elle est sa mère.

Les amis de Gennaro reviennent et lui font subir « affront sur affront » pour ses crimes. Ensuite, ils dévoilent son identité (mais pas qu'elle est sa mère) à Gennaro. Il rejette Lucrèce, qui s'évanouit.

## Deuxième partie

Lucrèce prévoit de se venger de l'affront qui lui a été infligé. Elle s'organise donc avec Gubetta. Son plan se déroulera au cours d'un repas où tout le groupe est invité, à l'exception de Gennaro

Quant à ce dernier, bien qu'amoureux de Lucrèce, il la déteste encore profondément depuis le bal. En colère, il arrache de son poignard la lettre « B » de Borgia sur un mur du palais, ce qui ne laisse que le mot « Orgia ». Il est surpris et emmené dans le palais. L'acte clôt sur une incertitude concernant son avenir, qui est désormais menacé.

# Acte II : Le couple

## Première partie

Nous sommes cette fois dans le palais de Ferrare. Don Alphonse, qui détient Gennaro, élabore un plan pour se venger de celui qu'il tient pour l'amant de son épouse. Il veut pousser Lucrèce à se mettre en colère contre l'homme qui a sali leur nom, afin qu'elle souhaite sa mort sans connaître son identité.

La stratégie fonctionne, puisqu'elle fait promettre à son mari de ne pas le laisser partir vivant. Elle ne sait pas encore qu'elle vient de signer l'arrêt de mort de son fils. Lorsqu'elle s'en aperçoit, il est trop tard, et ses supplications n'empêchent pas Don Alphonse d'Este d'empoisonner Gennaro. Néanmoins, elle réussit à lui administrer un contrepoison et le pousse à fuir.

## Deuxième partie

Don Alphonse apprend que Gennaro a été sauvé par Lucrèce. Il est bien décidé à l'assassiner. Il s'aperçoit toutefois que le capitaine a décidé d'accompagner ses amis lors du repas au cours duquel ils doivent être, de toute façon, empoisonnés.

Le duc fait signe à Rustighello : il n'a pas besoin d'intervenir…

# Acte III : Ivres morts

(Au Palais Négroni)

La fête bat son plein, sauf pour Gennaro qui ne paraît pas vraiment l'apprécier. Les jeunes Vénitiens se sont laissés déposséder de leurs armes. Par ruse, les femmes sont éloignées de l'assemblée. Soudain, les lumières sont éteintes et une suite de pénitents entre en procession. Ils portent des cagoules et des torches.

Lucrèce paraît, elle aussi habillée de noir. Elle annonce aux cinq hommes qu'ils ont été empoisonnés pour leurs affronts et leur présente leurs cercueils.

Soudain, elle voit que Gennaro est avec eux, alors qu'elle pensait qu'il avait quitté la ville. Lui aussi a été empoisonné.

Ils restent seuls, pendant que les autres agonisent. Gennaro réclame du contrepoison, car il en a pour lui mais pas pour ses amis. Il ne veut pas se sauver, mais la tuer par vengeance. Elle lui annonce qu'il fait partie de la famille des Borgia, et qu'elle est sa tante. Lucrèce dit vouloir se repentir, mais l'agonie de son ami Maffio le pousse à la poignarder. Lors de son dernier souffle, Lucrèce s'écrie : « Gennaro ! je suis ta mère ! ». Puis il regrette, et elle pardonne.

Gennaro ne prend pas le contrepoison, préférant mourir aux côtés de sa mère.

# III. PRÉSENTATION DES PERSONNAGES

## Lucrèce Borgia

Celle qui a donné son nom à l'œuvre n'est autre que la femme de Don Alphonse d'Este. Lucrèce est un personnage féroce et cruel, dont la réputation n'est plus à faire à travers l'Italie. D'ailleurs, les gens prennent peur sur son passage.

Cette réputation est justifiée, car Lucrèce Borgia a commis de nombreux crimes, et est connue pour ses mœurs immorales : inceste (avec son frère), adultère...

Elle ne craint qu'une personne : Gennaro, le fils qu'elle a eu après une relation incestueuse avec son frère.

Malgré tout, Lucrèce est un personnage beaucoup plus complexe qu'il n'y paraît. D'un personnage sans scrupules et sanguinaire, elle évolue vers un certain repentir, né du fait qu'elle a besoin d'être aimée désormais, en particulier de son fils. Elle est habile et lucide, dure et vengeresse, mais elle se révèle aussi capable de pleurer, de s'émouvoir, de prendre des risques par amour, ce qui rend plus ambiguë la lecture de son portrait.

## Gennaro

Soldat (« capitaine »), Gennaro est un jeune homme âgé d'une vingtaine d'années qui, malgré les lettres qu'il reçoit de sa mère, ne connaît ni son histoire, ni son propre passé ou ses parents. C'est pourquoi lorsqu'il rencontre Lucrèce lors de la fête masquée à Venise, il tombe amoureux d'elle sans savoir qu'il s'agit de sa mère.

Gennaro a tout du héros romantique, ce que nous verrons dans une troisième partie.

## Jeppo Liveretto, Ascanio Petrucci, Oloferno Vitellozzo, Maffio Orsini, Gazella

Il s'agit des cinq seigneurs vénitiens amis de Gennaro. C'est eux qui font subir l'affront à Lucrèce dans le premier acte. C'est donc contre eux que s'organise la vengeance de Lucrèce, qui a prévu de les empoisonner lors d'un dîner.

Tous servent la cité de Venise comme soldats, et c'est ainsi qu'ils se retrouvent chez le duc de Ferrare dans l'acte III.

Leur geste (l'affront) s'explique par le fait que chacun d'entre eux a connu quelqu'un victime de Lucrèce Borgia.

## Gubetta

Confident et mentor de Lucrèce, il essaie de s'infiltrer dans le groupe de Gennaro pour qu'elle puisse approcher son fils et savoir ce qui se trame parmi eux.

Il est au service de l'héroïne depuis une quinzaine d'années.

## Don Alphonse d'Este

C'est un homme très jaloux, et puissant. Il est le mari de Lucrèce Borgia, qu'il aime profondément, au point qu'il enrage lorsqu'il croit qu'elle le trompe avec Gennaro. Lui-même ignore tout du jeune homme et de son histoire. Don Alphonse va donc tout mettre en œuvre pour tuer Gennaro.

On voit que c'est un homme marqué par son éducation et ses manières aristocratiques, puisqu'il laisse choisir à sa femme l'instrument de l'exécution du jeune homme (c'est donc elle qui opte pour l'empoisonnement).

## Astolfo

Il est messager pour le compte de Lucrèce.

## Rustighello

Il est le messager (mais aussi un peu l'homme à tout faire) de Don Alphonse.

# IV. AXES D'ANALYSE

## Un drame romantique

*Lucrèce Borgia* est un drame romantique. Ce n'est pas un hasard lorsque l'on regarde de plus près la place de Victor Hugo dans ce mouvement ; il est considéré comme le chef de file du romantisme, un mouvement né à la fin du XVIIIe siècle, et venu remettre en cause les canons du classicisme.

Le romantisme met en avant la nature, le mal de vivre des hommes contemporains, et l'expression individuelle des hommes. On s'éloigne ainsi de l'esthétique classique et de son rationalisme. C'est avec la préface de *Cromwell,* mais aussi avec *Hernani,* que Victor Hugo a vraiment fait avancer le combat des Romantiques (ce n'est d'ailleurs pas pour rien que l'on évoque souvent la « bataille d'Hernani » comme évènement majeur dans l'histoire de la littérature.

En effet, Victor Hugo y a défini une nouvelle esthétique, celle du drame romantique. Loin des trois unités classiques, le dramaturge a développé les thèmes du laid mêlé au beau, du grotesque, du mélange tragi-comique... Mais surtout, on peut retenir de cette approche trois paramètres fondamentaux, que l'on retrouve dans *Lucrèce Borgia :*

- La part importante de l'Histoire, en tant que base des thèmes d'une pièce, et arrière-plan d'action. On le voit ici avec la part empruntée à la réalité (famille des Borgia, dont Lucrèce).
- L'esthétique de la grandeur, qui s'éloigne de la manière dont les classiques la traitaient
- Le recours au grotesque, avec une portée philosophique volontaire

Du point de vue des personnages, on peut s'arrêter un instant sur Gennaro, qui apparaît bien comme un héros romantique. Il a quelque chose de troublé par son manque de racines, mais il reste innocent, jeune, encore facilement dépassé par les évènements.

Comme la jeunesse de l'époque des Romantiques, Gennaro est perturbé par une époque qui ne lui laisse pas beaucoup de place, un monde en désordre, difficile à aborder. C'est en grande partie grâce à Maffio que le jeune Gennaro a réussi à maintenir un cap dans son existence. Gennaro a des valeurs positives, même si elles ne ressemblent pas, par exemple, à celles des héros tragiques. Il est droit, juste, fidèle en amitié (ce que l'on voit bien lorsqu'il exige du contrepoison pour ses amis, et est prêt à tuer pour venger Maffio). De plus, il se montre brave et décidé. On peut également le comparer à d'autres héros de Victor Hugo, tels Ruy Blas, ou même Hernani. Comme eux, il est révolté lorsque l'injustice frappe ses proches.

## Le fondement historique

Lucrèce et la famille Borgia sont tirées de la réalité. Lucrèce, par exemple, est née dans la réalité en 1480, et était alors une descendante directe du Pape Alexandre VI. De plus, son frère est bien César Borgia...

La famille Borgia était l'une des familles les plus puissantes d'Italie.

Elle a été reprise maintes et maintes fois dans les arts (opéras, tableaux, pièces, romans), au point de devenir un symbole de dépravation et de corruption, jusqu'à devenir un mythe à part entière.

Dans le cas particulier de Lucrèce, la plupart des historiens l'ayant étudiée s'accordent aujourd'hui pour dire que sa réputation était surtout due aux agissements criminels de son entourage, et qu'elle aurait été plus innocente que la littérature ne l'a laissé croire.

## La mère, son fils

Ce qui fait évoluer le personnage de Lucrèce vers plus d'humanité, c'est l'amour qu'elle porte à son fils. La pièce a fait couler beaucoup d'encre, en raison d'une relation très œdipienne entre Gennaro et Lucrèce. Nous assistons presque à un double inceste, au moins symboliquement, puisque le jeune homme lui-même est le fruit d'une union bannie...

Mais c'est cet amour filial qui rend son humanité à l'héroïne, et par lequel on voit bien la démarche romantique : introduire du grotesque (le côté monstrueux de Lucrèce, au sens premier du terme), et l'élever vers le sublime, avec un message philosophique.

Voici d'ailleurs ce qu'a écrit Hugo sur son personnage : « et maintenant mêlez à cette difformité morale un sentiment pur, le plus pur que la femme puisse éprouver, le sentiment maternel ; dans votre monstre, mettez une mère ; et le monstre intéressera, et le monstre fera pleurer, et cette créature qui faisait peur fera pitié, et cette âme difforme deviendra presque belle à vos yeux ».

# Dans la même collection en numérique

*Les Misérables*

*Le messager d'Athènes*

*Candide*

*L'Etranger*

*Rhinocéros*

*Antigone*

*Le père Goriot*

*La Peste*

*Balzac et la petite tailleuse chinoise*

*Le Roi Arthur*

*L'Avare*

*Pierre et Jean*

*L'Homme qui a séduit le soleil*

*Alcools*

*L'Affaire Caïus*

*La gloire de mon père*

*L'Ordinatueur*

*Le médecin malgré lui*

*La rivière à l'envers - Tomek*

*Le Journal d'Anne Frank*

*Le monde perdu*

*Le royaume de Kensuké*

*Un Sac De Billes*

*Baby-sitter blues*

*Le fantôme de maître Guillemin*

*Trois contes*

*Kamo, l'agence Babel*

*Le Garçon en pyjama rayé*

*Les Contemplations*

*Escadrille 80*

*Inconnu à cette adresse*

*La controverse de Valladolid*

*Les Vilains petits canards*

*Une partie de campagne*

*Cahier d'un retour au pays natal*

*Dora Bruder*

*L'Enfant et la rivière*

*Moderato Cantabile*

*Alice au pays des merveilles*

*Le faucon déniché*

*Une vie*

*Chronique des Indiens Guayaki*

*Je voudrais que quelqu'un m'attende quelque part*

*La nuit de Valognes*

*Œdipe*

*Disparition Programmée*

*Education européenne*

*L'auberge rouge*

*L'Illiade*

*Le voyage de Monsieur Perrichon*

*Lucrèce Borgia*

*Paul et Virginie*

*Ursule Mirouët*

*Discours sur les fondements de l'inégalité*

*L'adversaire*

*La petite Fadette*

*La prochaine fois*

*Le blé en herbe*

*Le Mystère de la Chambre Jaune*

*Les Hauts des Hurlevent*

*Les perses*

*Mondo et autres histoires*

*Vingt mille lieues sous les mers*

*99 francs*

*Arria Marcella*

*Chante Luna*

*Emile, ou de l'éducation*
*Histoires extraordinaires*
*L'homme invisible*
*La bibliothécaire*
*La cicatrice*
*La croix des pauvres*
*La fille du capitaine*
*Le Crime de l'Orient-Express*
*Le Faucon malté*
*Le hussard sur le toit*
*Le Livre dont vous êtes la victime*
*Les cinq écus de Bretagne*
*No pasarán, le jeu*
*Quand j'avais cinq ans je m'ai tué*
*Si tu veux être mon amie*
*Tristan et Iseult*
*Une bouteille dans la mer de Gaza*
*Cent ans de solitude*
*Contes à l'envers*
*Contes et nouvelles en vers*
*Dalva*
*Jean de Florette*
*L'homme qui voulait être heureux*
*L'île mystérieuse*
*La Dame aux camélias*
*La petite sirène*
*La planète des singes*
*La Religieuse*

# À propos de la collection

La série FichesdeLecture.com offre des contenus éducatifs aux étudiants et aux professeurs tels que : des résumés, des analyses littéraires, des questionnaires et des commentaires sur la littérature moderne et classique. Nos documents sont prévus comme des compléments à la lecture des oeuvres originales et aide les étudiants à comprendre la littérature.

Fondé en 2001, notre site FichesdeLectures.com s'est développé très rapidement et propose désormais plus de 2500 documents directement téléchargeables en ligne, devenant ainsi le premier site d'analyses littéraires en ligne de langue française.

FichesdeLecture est partenaire du Ministère de l'Education du Luxembourg depuis 2009.

Plus d'informations sur www.fichesdelecture.com

ISBN: 978-2-511-02981-7

Notes :